CLIC, CLAC, Plif, Plaf

Una aventura de contar

Por Doreen Cronin
Ilustrado por Betsy Lewin
Traducido por
Alberto Jiménez Rioja

LECTORUM
PUBLICATIONS INC.
a subsidiary of Scholastic Inc.
New York

1 granjero está dormido.

2

patas que no hacen ruido.

3 cubos en una pila.

4

gallos
que
vigilan.

5 vacas escriben una carta.

6 cabras suben a la barca.

7 cerdos apuran el paso.

8 ovejas no hacen caso.

9

ratones
pegan
el papel:

NOS FUIMOS
A PESCAR

Todos los animales

se acercan a ver:

10 cubos en una hilera

10 peces que ansiosos esperan.

10
9
8

7
5
6
4

3
2

1

Un granjero soñoliento mira y desconfía
al ver que la pecera se ha quedado vacía.

Para Julia
—D. C.

Para Julia y para Grace Isabelle:
¡que tengan una feliz infancia!
—B. L.

CLIC, CLAC, PLIF, PLAF

Published by arrangement with Simon & Schuster Books For Young Readers.
An imprint of Simon & Schuster Children's Publishing Division, New York.

Book design by Ann Bobco
Translation by Alberto Jiménez Rioja
The text for this book is set in Filosofia

Manufactured in China
10 9 8 7 6 5 4 3 2 1
1-933032-03-0 (PB)
1-933032-11-1 (HC)

Library of Congress Cataloging-in-Publication data is available.